LA PART DE LA FRANCE DU NORD

DANS

L'ŒUVRE DE LA RENAISSANCE

PAR

LOUIS COURAJOD

Conservateur adjoint des Musées nationaux,
Professeur à l'école du Louvre.

PARIS — 1889

LA PART DE LA FRANCE DU NORD

L'ŒUVRE DE LA RENAISSANCE

SCEAUX. — IMPRIMERIE CHARAIRE ET FILS

LA PART DE LA FRANCE DU NORD

DANS

L'ŒUVRE DE LA RENAISSANCE

PAR

LOUIS COURAJOD

Conservateur adjoint des Musées nationaux,
Professeur à l'école du Louvre.

PARIS — 1889

LA PART DE LA FRANCE DU NORD

DANS

L'ŒUVRE DE LA RENAISSANCE

CHARLES V, STATUE PROVENANT
DES CÉLESTINS DE PARIS.

Depuis trois ans, depuis l'année scolaire 1886-1887, je me suis appliqué à étudier devant mon auditoire de l'École du Louvre une période de l'histoire de la sculpture française que j'estime être actuellement très peu connue et dont l'intelligence incomplète a longtemps altéré et altère encore l'enseignement de l'art dans notre pays.

La Renaissance, ou du moins le style qualifié de ce nom n'a jamais été, au point de vue de ses origines, l'objet d'un examen scrupuleux. Ce mouvement de l'esprit humain, célébré sur tous les tons, dans tous les modes, dans toutes les langues, n'a jamais été, sous le rapport des arts, envisagé ni commenté sérieusement que dans son expression dernière, dans sa phase italienne.

On a été, par ce défaut de méthode, conduit à de regrettables confusions. Des investigations plus complètes nous ont mené à des solutions nouvelles; et l'examen de la question, entrepris pour la première fois à un point de vue international, est destiné, croyons-nous, à modifier d'une façon assez notable les opinions actuellement reçues.

En histoire les causes premières sont aussi dignes d'être étudiées isolément que les événements compliqués qui en découlent. Bossuet l'a dit : « Comme dans toutes les affaires il y a ce qui les prépare, ce qui détermine à les entreprendre et ce qui les fait réussir, la vraie science de l'histoire est de remarquer, dans chaque temps, ces secrètes dispositions qui ont préparé les grands changements et les conjonctures importantes qui les ont fait arriver. » En effet, dans le drame historique de la vie des peuples, ce qui intéresse, ce sont moins les grandes péripéties elles-mêmes du sujet, le dénouement tragique des divers actes que la continuelle et incessante évolution des sentiments et des passions de la conscience humaine marchant, dans sa liberté, à travers une obscurité relative, vers un but providentiel plus ou moins définitif, qu'elle atteint quelquefois, mais pour désapprendre, aussitôt après, par quelle voie elle y est parvenue. Cependant, pour l'humanité comme pour un navire sur l'Océan, il s'agit de ne pas conserver seulement le souvenir des ports qu'elle a successivement touchés, mais de garder en outre la mémoire du chemin qu'elle a dû s'ouvrir entre diverses escales. Notre histoire contemporaine a compris ce besoin et s'applique à le satisfaire. Fidèle à la maxime de Bossuet elle cherche moins à enregistrer les faits matériels dans leur forme définitive qu'à en retrouver les causes morales dans leurs manifestations préparatoires, et, substituant au récit des bruyants coups de théâtre, l'exposition des lentes et silencieuses gradations du progrès, elle étudie tout autant la période de gestation ou d'incubation des Révolutions que l'explosion ou l'épanouissement des Révolutions elles-mêmes.

Fécond pour l'histoire politique, ce procédé ne le sera pas moins pour l'histoire de l'art, s'il est sincèrement pratiqué.

Dans la matière en discussion tout le mal vient d'une pétition de principes : On a supposé avoir été démontré ce qui restait précisément à connaître, à savoir si c'est à l'art antique qu'est due, à un certain moment donné, la rénovation de notre art moderne. C'était une question à laquelle il fallait répondre par la méthode expérimentale, et, tout au contraire, on a eu la prétention de la trancher à l'aide d'un axiome, par un raisonnement *a priori*.

« Les enseignements de l'antiquité » [1], dit le plus récent des historiens de la période qui nous occupe, « forment la note dominante et comme la raison d'être de la Renaissance; aussi doit-on proscrire formellement l'emploi du terme de Renaissance pour caractériser les efforts des puissants réalistes ou naturalistes appartenant aux écoles du Nord, les Van-Eyck, les Rogier Van der Weyden, les Claux Sluter. L'œuvre de ces maîtres originaux et audacieux a manqué en effet des tendances spiritualistes, de la distinction, du sentiment d'harmonie inséparables de l'art classique. » Le paralogisme est évident.

Depuis longtemps, en effet, on raisonne plus ou moins explicitement de cette façon en disant : l'Art moderne, dans une certaine expression particulière, dans un style déterminé désigné sous le nom de Renaissance, est uniquement issu de l'art antique, puisque le mot *Renaissance* employé pour qualifier cette période signifie précisément la réapparition des arts de l'Antiquité. Mais que prouvent et que traduisent l'emploi et le sens d'un mot, sinon l'opinion de l'époque où le mot et son interprétation ont été inventés? La langue actuelle et le *Dictionnaire de l'Académie* nous font connaître, il est vrai, que tel est en ce moment leur sentiment sur la question. C'est très bien; mais en quoi cela constitue-t-il une démonstration scientifique?

Alléguera-t-on que du sens actuel du mot résulte l'existence d'une tradition que la langue nous aurait conservée et qui remonterait aux origines? Je le nie. Le mot de *Renaissance* pris absolument dans un sens restreint est relativement tout

1. Eug. Müntz, *Histoire de l'art pendant la Renaissance*, p. 43.

moderne. Accolé à d'autres expressions telles que celles-ci : *Renaissance des lettres*, *Renaissance des arts*, le même mot a eu, en somme, une signification assez vague, puisque, suivant les époques, cette signification a beaucoup varié. Il a désigné d'abord exclusivement le triomphe définitif de l'humanisme. En France, cet événement était regardé comme absolument contemporain de François Ier, proclamé le *Père des lettres* dans nos vieux manuels pédagogiques, dont l'influence est si profonde et si vivace. En Italie, il a été appliqué longtemps, d'une façon non moins systématique, à la période historique pendant laquelle un certain nombre de philologues, chassés de Constantinople par la conquête des Turcs, ont été obligés de se réfugier en Italie où ils se mirent à enseigner la littérature classique d'après les traditions byzantines.

Quand j'étais au collège, on apprenait encore que le monde moderne était né en 1453, parce que divers éléments composant le foyer littéraire grec, alors dispersés, avait répandu partout la lumière, compagne ordinaire de la culture des lettres et des arts antiques. L'année de la prise de Constantinople était la date dès lors fixée à la fin du moyen âge. Cette opinion, traditionnelle dans l'enseignement, avait été déjà celle des humanistes patentés des xve et xvie siècles. Ils avaient confondu à ce moment l'origine du mouvement littéraire moderne avec la fondation des établissements officiels où la littérature antique a été publiquement professée; et ils avaient fait tout commencer avec eux-mêmes et avec la création de leurs chaires. D'abord, on a donc voulu ne rien connaître en France avant la fondation du *Collège royal*, ne rien connaître en Italie avant la constitution des premières académies créées par les princes italiens du xve siècle. C'était naturel. Les humanistes n'ont pas eu de peine à faire l'opinion puisqu'ils étaient seuls à écrire l'histoire. On vivait encore sur cette opinion, il y a quelques années; il était de doctrine indiscutée que l'introduction des arts et des lettres antiques avaient eu lieu au moment et par les moyens désignés ci-dessus et qu'avant cette introduction tout n'était que ténèbres. Cette doctrine était, on le voit, nette, simple et fort commode. Elle divisait l'histoire des lettres et des arts dans le monde en trois grandes périodes : 1° l'antiquité classique qui disparaissait vers les derniers temps carolingiens ; 2° le moyen âge qui, en Italie, finissait au milieu du xve siècle avec l'apparition du platonisme et des professeurs de grec et de droit romain, en France avec le premier enseignement public des lettres anciennes, sous les règnes de Louis XII et de François Ier; 3° la Renaissance qui était purement et simplement le retour aux arts de l'antiquité.

On sait ce qui résulta d'un pareil enseignement. L'art de la seconde période fut à la fois négligé, méprisé et combattu comme la négation de l'art de la première période. Quant à celui de la troisième période, on en toléra peu à peu le goût et l'étude grâce à ses accointances avec l'art de la première. Mais, si flatteuse qu'elle fût pour les instincts classiques de la pédagogie, en faisant considérer notre art moderne comme la suite pure et simple des traditions de la Grèce et de Rome, cette belle théorie n'a pas pu cependant durer éternellement. Elle a été facilement battue en brèche. Un grave événement s'était passé depuis un demi-siècle. Longtemps dédaigné et méprisé par les doctrinaires qui réservaient pour le prototype antique toute leur admiration, l'art de la Renaissance, en prenant ce mot dans l'acception consacrée et courante du moment, était cependant populaire. On s'était mis à l'étudier en lui-même et à s'en inspirer directement. Les éditeurs avaient *commandé des livres. On en avait fait.* En rassemblant alors dans ces livres tous les témoignages épars, on s'aperçut sur le papier et à la lecture des documents que la Renaissance des arts en Italie, interrogée dans ses sources et dans la vie de ses principaux acteurs, remontait plus haut que le milieu du xv° siècle et qu'il fallait s'avancer au moins jusqu'au début du même siècle. Rien de mieux. Les documents d'histoire avaient dit la vérité. Donc, nouveau changement dans la définition de la Renaissance. On recula alors les limites du point de départ de la rénovation. Mais la confiance dans le vieil axiome réputé inattaquable était si grande qu'on persista à attribuer à l'art antique une initiative et un mouvement qui étaient sensiblement antérieurs à son intervention.

C'est en vain qu'on venait de toucher du doigt la solution définitive du problème. Il aurait suffi pourtant de regarder en face et d'interroger avec intelligence les monuments contemporains du nouveau point de départ. Mais, malheureusement, l'histoire de l'art est presque toujours écrite par des hommes de lettres peu soucieux d'interroger le œuvres. La plupart du temps, elle est composée, comme on dit, dans le silence du cabinet, méthodiquement, systématiquement, loin de toutes comparaisons. La routine a donc continué à régir la matière. Le dithyrambe réglementaire en faveur de l'art antique, *éducateur, inspirateur, initiateur* est chaque jour répété, et, quand un accent trop personnel et trop indépendant vient à être remarqué chez les modernes disciples réputés les plus exclusivement dociles aux conseils de l'antiquité, on en est quitte pour dire que les yeux de l'humanité, éclairés enfin par les splendeurs de l'art antique, se sont rouverts du même coup sur la nature. Ce qui doit doubler notre reconnaissance pour la source de tant bienfaits et de bienfaits aussi divers. Voilà, nous répète-t-on, comment le monde s'est régénéré par la seule voie qui lui restait à suivre, et en renouant la chaîne des temps. Et on en est ainsi arrivé à croire et à oser enseigner que, depuis le xv° siècle, nous devons tout à l'art antique, y compris le sentiment de la nature.

Voyez cependant où peuvent conduire les conceptions formées *a priori* et les conséquences d'un aveuglement volontaire. Aucune vaste étude d'ensemble n'a été tentée sur l'art européen du xiv° siècle, au point de vue spécial de la peinture et de la sculpture. L'esprit hanté par l'idée que seule la civilisation antique avait pu renouveler le monde épuisé du moyen âge, les historiens, pour surprendre le point de départ et le premier symptôme de régénération, n'ont pas voulu regarder autre chose que l'Italie, c'est-à-dire le sol par excellence dépositaire du secret antique. Entre toutes les races européennes, c'est uniquement de la famille italienne, pensaient-ils, que le Messie attendu pouvait naître, et c'est uniquement sur la terre italienne qu'ils se sont appliqués à rechercher les premières manifestations de la loi nouvelle, *convaincus que la Révolution n'avait pas pu se produire sur un autre théâtre.* L'érudition, alors, a établi une sorte de cordon sanitaire autour du foyer présumé de la propagande antique, et elle s'imagina que rien ne pourrait échapper aux savants qu'elle avait appostés à la surveillance de toutes les issues. Montrez-moi une histoire de la Renaissance qui ne commence pas par l'Italie. Le début par l'Italie, conséquence de la pétition de principes signalée ci-dessus, est obligatoire. Attentifs donc à surprendre l'aube du jour nouveau, jaloux de saluer la *première apparition du style antique ressuscité,* les yeux braqués sur cette Italie prédestinée et sur les champs de ses ruines encore silencieuses, nos historiens, malgré le perfectionnement de leurs moyens d'observation, n'ont vu que lentement et tardivement se lever les ouvriers de la transformation de l'art. Et, encore, ces pionniers n'étaient-ils pas tout d'abord facilement reconnaissables, inspirés qu'ils furent par des principes fort divers, et indifférents, pendant la première heure du travail, à l'œuvre définitive qu'ils devaient plus tard édifier.

Tandis qu'ils considéraient cette brumeuse aurore si longue à s'ensoleiller, nos historiens et nos érudits tournaient systématiquement le dos à la vraie lumière.

FRAGMENT D'UNE STATUE DE FEMME DU PALAIS DES COMTES DE POITIERS.
École française. Dernier quart du xive siècle.

Il y a longtemps déjà qu'elle existait, la régénération de la pensée du moyen âge; il y a longtemps déjà que le renouvellement s'était produit et ce n'est pas de Rome qu'il était venu. Une Renaissance franco-flamande achevait presque déjà sa première évolution quand commençait seulement la Renaissance italienne et, notez bien ce fait, quand cette Renaissance italienne débutait en passant par les mêmes phases que la Renaissance franco-flamande, c'est-à-dire par une crise de naturalisme superaigu, sans rien emprunter, dans ses toutes premières manifestations, au style de l'antiquité.

Comment a-t-on pu supposer que, de 1360 à 1440, une école comme celle des Beauneveu, des Paul de Limbourg, des Claux Sluter et des Van Eyck ait produit ses nombreux chefs-d'œuvre, sans qu'une longue préparation en eût amené la

2

précoce maturité, sans qu'un grand mouvement d'opinion, doué d'une force d'expansion immense, eût, de longue main, précédé et provoqué l'apparition d'un art si nouveau? Comment ce grand remaniement général de la vieille esthétique du moyen âge, comment cette rapide émancipation du dogme gothique, comment a découverte du paysage naturaliste, comment l'invention du portrait par la copie du modèle individuel, comment toutes ces conquêtes de l'art franco-flamand pendant les cinquante dernières années du xive siècle ont-elles pu passer inaperçues et être considérées comme étrangères à la révolution qui s'opérait?

L'explication en est bien simple. Tout ce qui, en Europe, s'est fait, à ce moment, en dehors de l'Italie, ne comptait pas. Toutes les observations scientifiques modernes avaient été dirigées exclusivement vers l'Italie et tout ce qui sortait du cadre de ces observations était considéré comme non avenu ou n'apparaissait même pas dans la lorgnette [1]. Quand quelques érudits ont porté leur attention sur l'art flamand, ils l'ont étudié isolément, sans se douter de la communauté et même de l'identité de cette étude avec celle de la Renaissance italienne, tant celle-ci était réputée d'une essence spéciale et supérieure, parce qu'on s'est habitué à ne la considérer que dans la physionomie classique, dans sa période personnelle qui a été la dernière mais non l'unique forme qu'elle ait revêtue. On le voit, partout et toujours on se heurte à l'obsédante pensée pédagogique : *A Jove principium.*

L'art antique est une admirable création de l'esprit humain à qui l'art moderne est déjà redevable des plus grands bienfaits et dont il ne cessera jamais d'être l'obligé et l'ami. Mais en quoi, je le demande, l'art antique a-t-il été, comme on le suppose *a priori*, un élément créateur indispensable à l'avènement du style qui succéda au règne du premier style gothique? Pourquoi le mot Renaissance prend-il dans notre langue contemporaine un sens spécial, et pourquoi notre art moderne, j'entends par là celui dont nous vivons encore, n'a-t-il un nom que du jour où l'art antique l'a, longtemps après sa naissance, tenu sur les fonds du baptême et reconnu, comme un enfant naturel, par mariage subséquent, mais sans preuves établies de paternité? Pourquoi cette absorption complète en vertu d'une fiction légale, sociale et grammaticale?

Est-ce qu'on ne l'avait pas vu déjà intervenir bien des fois cet art antique dans le développement régulier de l'art du moyen âge sans qu'on se soit cru obligé de faire de son entrée en scène le point de départ d'une ère nouvelle? Est-ce qu'il ne s'est pas montré déjà dans l'architecture du xiie siècle ? Est-ce qu'il n'a pas inspiré Nicolas de Pise au point de lui dicter des contrefaçons de la composition antique et du style romain? Est-ce que, même en dehors de l'Italie, il n'a pas révélé et maintenu longtemps ses doctrines dans les bassins du Rhin, de la Moselle et de la Meuse, pendant le xiie et le xiiie siècle ? Est-ce que nous ne surprenons pas son influence dans quelques-unes des plus belles productions des écoles gothiques, française et allemande, du xiiie siècle, comme à Reims et à Bamberg ? Est-ce que, à un moment donné, il n'a pas visiblement préoccupé certains de nos artistes, par exemple Villard de Honnecourt? Est-ce que, dans la première moitié du xive siècle, il ne s'est pas fréquemment encore montré sous la main des successeurs de Nicolas

---

1. C'est notamment ce qu'on a pu observer dans la lenteur avec laquelle l'histoire de la gravure est parvenue à se former. Les témoignages venus d'ailleurs que de l'Italie étaient écartés par toutes sortes de fins de non-recevoir.

de Pise, devenus déjà gothiques. Et, cependant, on n'a jamais songé à appliquer le nom de Renaissance à aucune des périodes que l'art antique a plus ou moins profondément influencées ; on n'a jamais vu dans ces contacts un point de départ, mais, au contraire, un point d'arrivée.

En effet, on peut facilement comprendre que ce n'est guère aux époques de renouvellement et de foi créatrice, aux heures matinales du début de chaque période que les principes de l'art antique, après s'être glissés dans l'économie de l'art moderne, avaient chance de s'y maintenir en gardant toute leur fécondité. Depuis qu'ils existent, les monuments antiques se sont dressés comme une perpé-tuelle leçon, suivant les temps aussi muets ou aussi éloquents que la littérature des anciens, attendant que le milieu ambiant devînt pénétrable, s'ouvrant et se fermant au gré des demandes, comme un livre dont le texte n'est accessible en définitive qu'aux seuls lettrés. Il fallait donc qu'un art quelconque eût atteint déjà, personnellement, un certain degré de culture pour s'assimiler, je ne dis pas la copie matérielle de la composition antique dans ses lignes, ce qui est à la portée de tous les temps, mais l'esprit et l'expression de cet art.

L'art antique, d'ailleurs, a toujours été, par son essence, un instrument d'édu-cation et un moyen de perfectionnement, de réforme pour les arts existants beau-coup plus qu'un fondateur et un inventeur d'arts nouveaux. Les tempéraments naissent spontanément et ne se façonnent pas ; or, au début d'une période d'art, comme dans l'enfance de l'homme, le tempérament agit seul.

On a donc eu gravement tort, pour obéir à des idées préconçues, d'ouvrir un compte spécial, une ère nouvelle dans l'histoire de l'art à la période pendant laquelle le goût des arts antiques s'est communiqué au monde moderne. Il n'y a pas eu alors brusque succession d'un état psychologique à un autre état par le seul contact avec les anciens. L'infiltration s'est faite lentement, silencieusement, non pas par voie de substitution de théories triomphantes remplaçant des théories vaincues, mais par voie d'assimilation progressive, par la méthode du greffage et non par celle du semis. La souche de l'art antérieur est toujours restée la même, bien que les fruits allassent en se modifiant et en s'adoucissant de plus en plus, sans perdre toutefois leur saveur originelle. L'histoire d'une plante ne recom-mence pas avec chacune des métamorphoses que lui fait subir la variété des saisons ou la multiplicité des cultures. La Renaissance, dans son printemps, dans son été, dans son automne, a toujours en substance été la même, et il ne doit pas être permis de la faire débuter dans le monde au milieu de son existence, ni de confondre, dans l'étude de son organisme, une simple transformation avec le premier symptôme de la vie.

En somme, vue de haut, la Renaissance n'a été qu'une des nombreuses évolu-tions successives qui remplissent et composent l'histoire de l'art depuis ses origines. Cette évolution n'a pas échappé à la loi générale qui préside à tous les renou-vellements. C'est dire qu'elle a commencé par le retour à la nature. Dans la seconde crise, dans la seconde phase que cette même évolution eut à traverser, l'idéalisme purement rationnel, qui, seul, dans les évolutions antérieures, avait prévalu à ce moment psychologique, fut tout spécialement compliqué de l'imitation de l'art antique. Et on comprend combien purent être considérables les influences d'un idéalisme aussi assimilable que la copie de l'antique et que les conseils du modèle gréco-romain. La combinaison du naturalisme italien et d'un idéalisme positif, revêtu déjà d'une forme pittoresque ou plastique comme l'était l'art antique, donna des résultats merveilleux. Pendant quelque temps, les proportions nécessaires entre la nature et l'idéal, les conditions normales de tout progrès purent être impunément renversées sans que la décadence se fît immédiatement sentir. Et, durant ce long et surprenant épanouissement, pendant cette persistante période de splendeur où l'on put croire l'esthétique moderne fixée et le canon antique retrouvé, tous les peuples de l'Europe, agités dans leurs tâtonnements, dans leurs incertitudes, dans leurs aspirations sans cesse déçues, se convertirent au dogme qui avait donné à l'art italien une sérénité et une vigueur qu'on croyait éternelles. Mais voilà tout. Je persiste à dire que la Renaissance avait été une évolution comparable, en principe, à toutes les autres, et qu'on n'a pas le droit, pour flatter de puissantes erreurs, de méconnaître ou de déguiser ses débuts ni de déplacer son berceau.

La solution de la question devait découler naturellement de l'étude comparative et parallèle des Arts du nord de l'Europe et des Arts de l'Italie. On a été un peu surpris quand on a vu un historien remonter au xive siècle et y chercher, en dehors de Rome et jusque dans les pays septentrionaux de l'Europe, les premiers symptômes d'une révolution générale et universelle qu'on croyait partie d'ailleurs. L'opération était cependant nécessaire, car il a été facile de démontrer que jamais l'Art n'affecta un caractère aussi international ni aussi universel qu'à la fin du xive siècle.

Cette idée primordiale du caractère international de l'art dans la seconde moitié du xive siècle et même dans les vingt premières années du xve, — même et surtout dans les vingt premières années du xve siècle, — cette idée primordiale m'a amené à parler, d'abord des monuments français et flamands ou franco-flamands et, ensuite, des monuments italiens, en juxtaposant et en confrontant continuellement les monuments des deux civilisations contemporaines. L'étude a été positive et pratique.

J'ai montré d'abord le développement de l'art français pendant le xive siècle. On a vu qu'après avoir connu dans une certaine mesure l'antique, — tout comme l'art italien de Nicolas de Pise, — qu'après avoir connu également dans une certaine mesure le naturalisme et le modèle individuel, l'art du xive siècle n'a fait d'abord que continuer l'école du siècle précédent. Ce premier art du xive siècle tomba dans la convention par excès de spiritualisme, par l'abus de la tradition et par la recherche trop exclusive de l'idéal.

On a vu ensuite que ce style conventionnel, appartenant à l'école du passé, fut combattu et enfin remplacé par un style nouveau qui s'appuyait exclusivement sur l'étude de la forme naturelle. Ce courant provenait d'une génération d'artistes sortis en grande partie des Flandres et des provinces du nord de la France.

J'ai prouvé ensuite, par d'éclatants exemples, comment, dès le milieu et pendant la seconde moitié du xive siècle, l'École française s'était régénérée par l'inspiration directe de la nature, par la pratique du modèle individuel qui succédait à l'interprétation raisonnée d'un modèle collectif et idéal.

J'ai multiplié à ce sujet les démonstrations et on a pu se faire une opinion positive et précise sur notre sculpture de la fin du xive siècle. Cet art était complètement émancipé et a produit des chefs-d'œuvre. C'est ce que rend évident, à l'aide du moulage et de la photographie, l'examen des principaux monuments de l'art du Nord, tel que cet art fut pratiqué sous Charles V et sous Charles VI.

Au commencement du xive siècle, de nombreux artistes de la France du Nord et de la Flandre travaillaient déjà à Paris. Nous avons pu, à l'aide de documents d'archives, reconstituer le quartier qu'ils habitaient et l'emplacement des maisons qu'ils possédaient. Une fois installés dans le brillant milieu qui les a séduits, ils expédiaient partout et, même aux provinces dont ils étaient originaires, les produits de leur travail national dont le centre de gravité, au point de vue géographique, s'était sensiblement modifié en descendant jusqu'aux rives de la Seine. Les hommes

TÊTE DE LA STATUE DE PHILIPPE DE MORVILLIERS, PRÉSIDENT DU PARLEMENT DE PARIS.
École française. Premier tiers du xve siècle. (Musée du Louvre.)

et les choses se déplaçaient beaucoup plus qu'on ne le croit au moyen âge. Certains seigneurs des provinces du Nord employaient de préférence les artistes de leurs domaines, mais c'est à Paris qu'ils étaient forcés de venir faire leurs commandes et c'est de Paris que les ouvrages terminés leur étaient adressés. Paris, comme nous l'avons démontré, jouait déjà, dans une certaine mesure, le rôle qu'il n'a pas cessé de remplir en notre pays. Il appelait les artistes et leur imposait une manière et une allure de travail particulières. Paris était, plus qu'aujourd'hui peut-être, une capitale intellectuelle dont l'attraction se faisait sentir au delà même des frontières de la France.

Comment le goût de la sculpture de nos provinces du Nord et des provinces flamandes s'est-il introduit peu à peu et est-il devenu l'essence même de notre art national français? Comment les éléments septentrionaux sont-ils parvenus à dominer en France tous les autres éléments d'art au milieu et pendant la seconde moitié du xive siècle? C'est un mystère que nous avons essayé d'expliquer.

Des causes morales se sont d'abord révélées à nos yeux. Le vieil art de la féodalité, l'art français par excellence, est mort avec la chevalerie. Il n'est pas revenu des Croisades et n'a guère survécu à l'aristocratie de race, à la noblesse purement héréditaire qui, plus que tout autre pouvoir dans l'État, le patronnait. Avec le xive siècle et la prépondérance de plus en plus grande de la royauté, qui s'appuie sur la bourgeoisie des villes, on voit se former une nouvelle aristocratie mélangée d'éléments très divers, composée de dignitaires, de hauts fonctionnaires, de parvenus et d'une noblesse agitée, affolée d'honneurs et de plaisirs dont le sang s'épuise noblement, mais inutilement sur de nombreux champs de bataille. Cette aristocratie spéciale du xive siècle n'a pas les mêmes instincts que celle qu'elle remplace; nomade et sans cesse renouvelée, elle n'est plus enchaînée par les liens d'une étroite tradition locale. Elle n'a pas toujours eu le temps de faire son éducation, ni d'apprendre une langue pittoresque et une grammaire esthétique dont le sens s'est oblitéré dans les masses. Elle s'accommode très bien d'un art moins idéaliste, moins raffiné, moins académique, plus accessible par ses côtés extérieurs aux intelligences peu subtiles des enrichis et des Mécènes improvisés. Dans les choses de l'art, comme dans celles de la guerre, tout tend à prendre un caractère pratique. On commence à compter avec le nombre et ceux qui veulent parler à la foule aussi bien qu'à l'élite de la nation, sont réduits à emprunter le langage courant et universel. Le succès de l'École nouvelle était donc certain, on peut l'affirmer a priori, car, si ce style n'avait pas existé déjà dans l'École septentrionale de la France et dans l'École flamande, il aurait alors été créé de toutes pièces; dès le milieu du xive siècle, on put prévoir que l'avenir lui appartenait.

C'est à cet art nouveau, à cet art du Nord oublieux des traditions du siècle précédent et dédaigneux de ses moyens d'expressions, que Charles V demande en grande partie les sculptures de ses palais. C'est exclusivement à lui qu'il commande les tombeaux de ses prédécesseurs et les monuments qu'il destine à surmonter sa propre sépulture ou à perpétuer le souvenir de sa physionomie. Car le portrait, c'est-à-dire l'interprétation individuelle de la figure humaine, que l'École idéaliste du xiiie siècle n'avait guère voulu pratiquer, est, au contraire, un des buts visés par l'École nouvelle, un de ceux qu'elle atteignit du premier coup.

A ces considérations d'ordre moral sont venues s'ajouter, dans nos démonstrations, des considérations d'un ordre purement positif et l'observation de faits matériels. A partir du xive siècle le luxe des tombes et notamment celui des tombes royales de Saint-Denis conduisirent à l'emploi de riches matières premières comme les marbres de la vallée de la Meuse et à la recherche d'autres marbres flamands. Cet usage amena à Paris des ouvriers et des artistes flamands qui furent vraisemblablement les premiers à importer dans la capitale les éléments de leur art provincial. La première statue de marbre blanc couchée sur une dalle de marbre noir fut celle de Philippe le Hardi, exécutée pour la basilique de Saint-Denis de 1298 à 1307 par Pierre de Chelles et Jean d'Arras.

L'individualisme et le naturalisme à outrance régnèrent presque sans partage en France dans la seconde moitié du xive siècle. De Charles V à Charles VII, nulle part, en Europe, les principes qui devaient amener l'expression principale de la Renaissance ne furent aussi développés ni aussi résolument pratiqués que chez nous. Je l'ai démontré par des exemples indiscutables. Les germes et les levains de toutes les grandes transformations postérieures travaillaient déjà notre sculpture dans la seconde moitié du xɪvᵉ siècle.

« La statuaire qui reste encore à Pierrefonds et au château de la Ferté-Milon, » dit incidemment Viollet-le-Duc, dans son *Dictionnaire raisonné d'architecture*, « a toute l'ampleur de notre meilleure Renaissance, et, si les habits des personnages n'appartenaient pas à 1400, on pourrait croire que cette statuaire date du règne de François Iᵉʳ. »

« C'est un art complet », dit encore Viollet-le-Duc, « un art qui n'est plus l'art du xɪɪɪᵉ siècle, qui n'est plus la décadence de cet art tombant dans la recherche, mais qui possède son caractère propre. C'est une véritable Renaissance, mais une Renaissance française, sans influence italienne. Les Valois, les princes d'Orléans, Louis et Charles, et enfin celui qui devint Louis XII avaient pris évidemment la tête des Arts en France, et, sous leur patronage, s'élevaient des édifices qui devançaient, suivant une direction plus vraie, le mouvement du xvɪᵉ siècle. »

« En 1396, dit M. Renan, dans l'*État des Beaux-Arts au xɪvᵉ siècle*, on se croirait à deux pas de la Renaissance dont on est encore séparé par plus d'un siècle. »

On se demande alors pourquoi ce n'est pas chez nous que la révolution imminente et annoncée par tant de symptômes, que la Renaissance pour l'appeler de son nom vulgaire, fit, avec un éclat définitif, sa première apparition dans le monde en se manifestant par une sorte de coup de foudre dans un milieu tout chargé d'électricité. Hélas ! si un mouvement très sensible de retour à l'antiquité se manifesta chez nous dès le règne de Charles V, si, accompagnement obligé de toute émancipation, un souffle très impétueux d'humanisme passa sur la France dans les dernières années du xɪvᵉ siècle, nous n'eûmes pas alors comme l'Italie, dans les tendances à l'imitation de la nature et dans l'enivrement de l'individualisme, le merveilleux contrepoids de l'imitation de l'antique. L'autorité fit défaut à notre enseignement. La liberté, conquise une première fois et plus rapidement que chez les autres peuples, ne fut pas sagement mise par nous à l'abri de la licence. Pour dépasser les résultats obtenus par les autres nations de l'Occident, l'Italie émancipée à son tour n'eut qu'à mettre en évidence et en exploitation les modèles incompris qui dormaient dans son sein. Elle n'eut qu'à retourner librement à l'école de ses premiers maîtres. Au moment du grand réveil universel de la fin du xɪvᵉ siècle qui donna, comme je l'ai dit, à cette époque solennelle de l'histoire de l'art un caractère en quelque sorte international, l'Italie se trouvait donc dans une position privilégiée. Elle parvint à étonner l'Europe en additionnant simplement les avantages et les bénéfices de son prodigieux passé avec sa part actuelle du patrimoine commun des générations nouvelles.

Pourquoi le grand mouvement préparé en Europe par l'école du nord de la France avorta-t-il ? Pourquoi la direction des arts européens lui échappa-t-elle pour passer un siècle plus tard à l'Italie ?

Deux raisons principales peuvent être alléguées. J'ai déjà dit et je répète en insistant que l'individualisme à outrance, dont l'art gothique transformé faisait alors profession, n'eut jamais chez nous un contrepoids suffisant dans l'imitation de l'antique. Il ne sut pas trouver, au milieu de ses extravagances, un frein salutaire dans un canon réputé indiscutable comme le modèle antique. L'Italie, elle, connut ce frein, qui est le principe d'autorité dans l'enseignement, la sauvegarde du goût contre les entraînements et les raffinements d'une interprétation trop exacte de la nature. En second lieu, les provinces, dans lesquelles les rois de France et toute une nombreuse dynastie de Valois ménageaient l'éclosion d'une Renaissance, devinrent le théâtre des guerres atroces et des malheurs inouïs qui mirent la nationalité française à deux doigts de sa perte. La savante organisation sociale, l'ingénieuse culture intellectuelle préparée par Charles V, répandue par la librairie du Louvre, l'humanisme naissant, tous les éléments de rénovation simultanée par l'antique disparurent à la fin du règne de Charles VI et pendant la domination anglaise. Charles VII et surtout Louis XI eurent tout à recommencer. Dans l'intervalle, le génie des républiques italiennes avait transfiguré à leur profit et marqué de leur sceau le mouvement inauguré par la France, et, quand Charles VIII et Louis XII, tenant la promesse de leurs ancêtres, firent honneur à la parole de Charles V, quand ils installèrent définitivement chez nous la Renaissance, celle-ci était devenue presque complètement italienne.

Mais, ne l'oublions pas, c'est à l'École flamande, adoptée par la France du Nord dès le milieu du xive siècle, et aux principes nouveaux d'émancipation, qu'elle personnifiait et qu'elle était venue inoculer à l'art occidental qu'est dû, je ne saurais trop le répéter, le mouvement général d'où devait sortir le style définitif de la Renaissance, y compris le style de la Renaissance italienne, car l'imitation de l'antique, qui forme un des caractères de ce style et à qui la branche italienne de la Renaissance dut, à la dernière heure, son incontestable supériorité, l'imitation de l'antique fut bien un des heureux événements de la grande révolution que nous avons racontée, mais il n'en fut pas le point initial. Les enseignements de l'art antique étaient restés lettre morte tant que la conscience italienne n'avait pas été éclairée par les conseils émancipateurs du naturalisme.

Moins rapide que dans le reste de l'Europe, le mouvement ne s'est pas produit en Italie par d'autres moyens. On ne peut mettre en balance ni l'art italien du xiie siècle, ni l'art italien du xiiie siècle avec l'art français ou l'art allemand des mêmes époques. Le fait est de toute évidence.

Dans la seconde moitié du xiiie siècle apparaît en Italie un homme extraordinaire, Nicolas de Pise, qui croit pouvoir soustraire sa patrie à la conquête des arts du Nord. Il échoue. Tenté une première fois et d'une façon tellement évidente et tellement volontaire qu'il dut être doctrinal plutôt qu'instinctif, le renouvellement direct par la communication du germe de l'art antique ne put pas se faire définitivement.

Arrive Jean de Pise qui, du vivant de son père Nicolas, place son pays sous la dépendance de l'art gothique pour plus d'un siècle. Jean de Pise crée l'École pisane qui sera l'école nationale de l'Italie presque jusqu'à la fin du xive siècle, en même temps qu'il inspire Giotto dont l'influence se prolongera jusqu'au commencement du xve siècle.

Voilà l'Italie gothique, et j'espère avoir prouvé combien elle l'a été profondément sous la main des successeurs abâtardis de Jean de Pise et de Giotto. L'art italien fut, à un certain moment, le plus gothique, le plus étroitement gothique des arts de l'Europe et, les deux maîtres créateurs et inspirateurs mis à part, bien souvent l'art italien fut relativement le moins naturaliste, le moins libre et le

moins souple de tous les arts. Ces affirmations reposent sur de longues démonstrations. J'espère avoir ruiné à tout jamais la doctrine qui voulait voir un lien
entre Nicolas de Pise et les grands novateurs du xv⁰ siècle. Un fossé infranchis-
sable les sépare désormais. C'est le fossé de la période gothique et, plus tard, de
la période naturaliste de l'École italienne.

Pour établir tous ces faits je me suis livré à une longue analyse du style de
tous les grands artistes italiens du xiv⁰ siècle. Nous avons disséqué, à l'aide de
nombreuses photographies, les œuvres de Nicola et de Giovanni Pisano, les
œuvres d'Andrea Pisano, de Giotto, d'Orcagna. Cette énorme enquête est la
préface nécessaire de l'histoire de la Renaissance. D'autres ont essayé dans des
livres de la refaire après nous. Mais je puis démontrer l'antériorité de mon travail.
On a continué, sans transition, à enquérir, toujours par les mêmes procédés, sur
les tendances, les opinions et les œuvres de la génération qui survécut aux
dernières manifestations de l'École de Pise, cette grande école que j'ai montrée
s'effondrant dans la plus irrémédiable décadence. J'ai tout spécialement indiqué
à quelle inspiration obéissaient les quelques rares artistes qui surent échapper aux
doctrines traditionnelles de l'École dégénérée de Giotto; je rappellerai seulement
le nom des principaux.

Donatello n'a pas débuté, comme on voudrait nous le faire croire, par puiser
dans les monuments de l'art antique le sentiment qui a dicté toute son œuvre.
Il a commencé par n'être qu'un réaliste assez brutal. Je l'ai prouvé jusqu'à la
dernière évidence. J'ai établi, également, qu'il eut communication du style de
l'École de Bourgogne.

J'ai longuement mis en relief le caractère profondément gothique des premières
œuvres de Ghiberti et je crois avoir expliqué que c'est par le naturalisme qu'il fut
d'abord émancipé. Ghiberti a connu et hautement loué un sculpteur que j'estime
avoir appartenu à l'École de Bourgogne.

J'ai montré Pisanello s'inspirant de l'École de la Flandre et de l'École de
Cologne dans un tableau du Musée de Vérone. Je l'ai fait voir traçant, lui ou ses
contemporains immédiats, des dessins qu'on pourrait attribuer et qu'on a attribués
effectivement aux Flamands ou aux Allemands, tant ces dessins se rapprochent
de la manière des Écoles du Nord.

Dans l'opinion de tout le monde Masaccio est un des fondateurs indiscutés de
la Renaissance italienne, de cette Renaissance prise aujourd'hui dans un sens
spécial, consacré à tort par l'usage. Eh bien! regarder Masaccio comme un disciple
docile et exclusif de l'art antique et comme étant venu puiser à cette source la
vigueur du tempérament qui renouvela la peinture des écoles d'Italie, dans la
première moitié du xv⁰ siècle, est une des erreurs très graves inspirées *a priori* au
monde littéraire par le préjugé de la supériorité théorique de l'art classique et de
la nécessité de son intervention dans tout progrès et toute transformation.
Masaccio, ce prétendu disciple des anciens, est un naturaliste exaspéré et quelquefois brutal.

Tous gothiques et naturalistes, au moins dans leurs débuts, ont été les fondateurs de la Renaissance italienne que nous venons de nommer et les suivants
aussi : Niccolo di Piero d'Arezzo, Nanni di Banco, Lorenzo di Bicci, Bernardo di
Piero Ciuffagni, Jacopo della Quercia, les Turini.

Voici, sur les Écoles italiennes de sculpture de Rome, de Florence et de Venise,

3

quelques-unes de nos conclusions motivées. Si l'art antique avait été capable de régénérer tout seul, immédiatement et directement, l'art du moyen âge épuisé, c'est incontestablement à Rome qu'aurait dû se produire la régénération. C'est à Rome, dirons-nous, et non ailleurs, que la Renaissance par l'antique aurait dû se manifester pour la première fois. Écoutons ce que les monuments sont capables de répondre.

D'abord, le moyen âge romain, sans rien voir ni des yeux de l'esprit ni même des yeux du corps, juxtaposa, en somme, une Rome gothique à la Rome antique. Car, quoique cette opinion ait l'air d'être un paradoxe, Rome n'a pas été moins gothique que beaucoup d'autres villes de l'Italie. Ensuite l'art antique empêcha évidemment l'art gothique de se développer avec franchise et indépendance à Rome ; mais si l'art antique coudoya l'art gothique pendant tout le xive siècle et même pendant les trente premières années du xve siècle, il ne put, à Rome, parvenir directement ni à le pénétrer, ni à l'améliorer. L'art antique fut longtemps un embarras au lieu d'être un appui et un conseil. Il fallut qu'à Rome, comme ailleurs, l'art du moyen âge passât par le naturalisme avant de se convertir à la religion de l'antique. L'art italien n'eut pas, d'ailleurs, de foyer plus refroidi que le foyer romain.

Voici ce qu'on trouve à Rome à la fin du xive siècle et au commencement du xve : une école réaliste hésitante et mal définie, représentée principalement par *Magister Paulus*. Dans cette école de sculpture d'une barbarie véritable, les corps des morts placés sur les tombeaux ressemblent à des ballots de marchandises ou à des sacs de grain ; aucun pli, aucun style de draperie ; des mains affreuses, des pieds hideux, une exécution des plus grossières. Seules, les têtes sont intéressantes et respirent un naïf et complet naturalisme. On est bien étonné de rencontrer ces choses-là à Rome. Le naturalisme romain de l'École de maître Paul a quelque chose de particulier. Il est empâté, engoncé, lourd, pataud. C'est tout ce qu'a pu lui communiquer le voisinage des œuvres antiques. Ce style sauvage de l'art romain persista longtemps. Au moment où le génie italien commence à inaugurer la série de ses triomphes et accomplit les plus grands progrès, c'est-à-dire au commencement et dans la première moitié du xve siècle, l'art à Rome n'est donc représenté que par de grossiers tailleurs de pierre comme maître Paul. De ces œuvres, l'*esprit* de l'antiquité est absolument absent. Ces œuvres ne vivent que par l'imitation naïve et malhabile de la nature. Nées sur le sol classique de la vieille Rome, poussées entre les ruines de l'art antique, elles ne témoignent par aucun signe extérieur du milieu dans lequel elles se sont produites.

A Naples, pendant les trois premiers quarts du xive siècle, on remarque une sculpture d'une barbarie inouïe et d'une nullité complète. Preuves : les monuments de Santa-Chiara où la décadence pisane s'étale avec la plus impudente vanité. Quand Andrea Ciccione, au commencement du xve siècle, relève un peu l'art napolitain (Tombeaux de Ladislas, de la sœur de Ladislas, la reine Jeanne II, et du Sénéchal Carraciolo à l'église San-Giovanni à Carbonara), il se montre encore gothique et presque exclusivement naturaliste. L'art antique n'a guère encore enseigné et, cependant, le goût italien se relève déjà un peu.

Comme exemple de la sculpture florentine ressuscitée, arrachée aux ténèbres de la dernière période de l'École pisane, j'ai cité les bas-reliefs de Leonardo di ser Giovanni exécutés vers 1370 pour l'autel d'argent de Pistoja et le bas-relief du panneau central de l'autel d'argent de Saint-Jean à Florence, sortis soit de la main du même auteur, soit des mains du même atelier d'artistes. Les panneaux de l'autel d'argent de Florence légèrement postérieurs à ceux de Pistoja, sont antérieurs à l'année 1402. Ces œuvres ne comportent aucune espèce d'élément antique, ni dans la composition, ni dans l'exécution. Et, cependant, elles contiennent déjà, en essence, à peu près tout ce que la Renaissance, dans ses derniers et plus complets développements, pourra nous donner. J'ai eu l'occasion de soutenir la même doctrine en parlant des peintures d'Altichieri et d'Avanzo, dans le nord de l'Italie, peintures qui respirent toute la rhétorique de la plus belle Renaissance sans contenir cependant un seul mot de latin. A la fin du xive siècle, en 1375, on faisait encore en Italie, à Florence, pour le monument le plus illustre de la ville, pour la façade de la cathédrale de Giotto que Brunelleschi allait remanier et terminer, on faisait, dis-je, sous prétextes de statues, d'horribles magots comme ceux qu'on voit à la *Porta romana*, au pied de l'allée du *Poggio imperiale*, à Florence, et comme ceux que possède le Louvre par suite de l'acquisition de la collection Campana. Voilà les ouvrages qui annonceraient Donatello et Ghiberti!

Il n'y a presque pas de transition, pourrait-on dire en exceptant quelques statues du campanile de Florence, entre les œuvres les plus sauvages de l'École de Pise et les merveilles qui apparaissent au commencement et dans le premier tiers du xve siècle. Rien entre les brutalités de l'ère gothique et les caresses de la Renaissance. Rien entre la platitude d'une école expirante et l'originalité d'une école renouvelée. Au contraire, chez nous, dans le nord de la France, on sculptait de 1350 à 1410 des statues comme celles de Guillaume Chanac, comme celles de Philippe VI, de Jean II, de Charles V, de Jeanne de Bourbon; comme les figures de la Chaise-Dieu, du contrefort de la cathédrale d'Amiens, de l'abbaye du Bec-Hellouin, de la Chartreuse de Dijon, du Palais des comtes de Poitiers, du château de la Ferté-Milon, comme la sainte Catherine de Courtray et la Vierge du Musée archéologique d'Orléans, etc. L'art de notre pays est alors en possession de presque tous les moyens dont disposera, cinquante ans plus tard, la Renaissance italienne. Donc la Renaissance était née et bien vivante avant son apparition en Italie; donc elle n'avait pas eu besoin pour naître du concours de l'art antique.

La manifestation d'art à laquelle nous devons les œuvres d'orfèvrerie de Pistoja et de Florence est tout à fait caractéristique. Ce n'est pas, comme on a voulu le dire, la fin du monde gothique. Ce monde gothique, issu de Giotto et de l'École pisane, il est mort presque complètement avec Orcagna. C'est, au contraire, un monde nouveau qui commence avec les bas-reliefs de Pistoja et de l'église Saint-Jean à Florence. Tout y est jeune, profond et spontané. On y voit resplendir la science d'une composition facile, la verdeur, la *crânerie* d'une exécution en quelque sorte révolutionnaire, ou, si l'on veut, réformatrice. Là, rien de vieillot, ni de caduc. Impossible de nier qu'il n'y ait pas là un recommencement. Et ce recommencement, auquel l'art antique est absolument étranger, s'est fait encore ici par le retour à la nature.

L'École gothique qui veut s'émanciper, en Italie, comme ailleurs, et qui fonde sa Renaissance, ne comprend pas d'abord un seul mot aux offres, aux avances que lui fait l'art antique. Cet art antique, qui lui crève les yeux, elle ne le voit pas; elle n'en pénètre pas l'esprit; elle le heurte du pied sans daigner le regarder; elle lui demande des matériaux de construction et non pas des leçons de goût. De-ci, de-là, elle lui dérobe, par paresse, un morceau de frise ou de colonne ; mais elle n'imagine pas de lui emprunter des idées ni de solliciter de lui des conseils. Le Colisée n'est pas un modèle pour l'École gothique italienne ; c'est une carrière de pierres toutes taillées. On se préoccupe beaucoup moins de l'imiter que pendant les plus hautes époques du moyen âge. Les statues qui jonchent le sol ne deviennent pas le point de départ d'une étude ; on les copie gauchement et niaisement pour se dispenser d'inventer. L'École gothique qui veut se régénérer ne voit qu'une seule chose, la nature. C'est à la nature que tout d'abord elle revient en Italie comme en France et dans les Flandres. L'École de Giotto périssait pour s'être éloignée de la vérité et pour avoir cessé de communier avec la nature. La réaction devait être nécessairement réaliste comme elle le fut avec les prédécesseurs de Donatello et de Ghiberti et avec ces artistes eux-mêmes.

La révolution était accomplie, la Renaissance était née, le renouvellement s'était produit à Florence quand l'art antique se mit de la partie et se vit enfin comprendre. Mystère qui sera enfin expliqué et sur lequel j'ai longuement insisté dans mon cours. Le premier artiste qui, à Florence, se soit dans la seconde moitié du XIVᵉ siècle intelligemment inspiré de l'antique est un étranger, un Allemand ou un Flamand, Pietro di Giovanni Tedesco, dont le style porte les traces du plus profond naturalisme et d'un naturalisme d'origine.

Entendons-nous bien cependant. L'imitation de l'antique, — ou la vague recherche du secret de l'art antique, — cet élément particulier qui devait prendre plus tard tant d'importance, ne cessa pas d'exister pendant tout le XIVᵉ siècle, ni de faire partie du tempérament de l'art italien. Cela est bien certain. Il resta dans le sang italien comme un germe indestructible ; mais, tant que dura l'influence de Giovanni Pisano, d'Andrea Pisano et de Giotto, ce germe fut en quelque sorte annulé et ne donna presque pas signe de vie. On peut donc dire avec preuves à l'appui : l'élément d'imitation de l'antique, pour avoir existé pendant le XIVᵉ siècle, en Italie, n'en a pas moins été, au point de vue doctrinal, absolument impuissant, contrebalancé qu'il fut par d'autres principes qui étaient ceux de l'École gothique. Ce sentiment de l'antique ne reprendra quelque force qu'au moment de la désorganisation, de la désagrégation générale de l'École gothique, de sa transformation en école de la Renaissance classique. Mais cette transformation, c'est le naturalisme et non lui qui la déterminera.

Pour ceux qui ont étudié les monuments italiens du moyen âge un point de fait est absolument indiscutable. A partir de Giovanni Pisano et de Giotto, l'Italie, tout en continuant quelquefois d'emprunter aux lignes générales des compositions antiques, s'enfonce de plus en plus dans le style gothique. D'une façon générale, l'Italie n'a jamais été plus loin du sentiment véritable de la compréhension du style antique que pendant le XIVᵉ siècle. L'Italie n'a jamais été plus insouciante, ni peut-être plus ignorante du style antique qu'à la veille du jour qu'on appelle l'avènement de la Renaissance. L'Italie, en même temps, a connu dans ses provinces du Nord, notamment à Florence et à Venise, une Renaissance dont aucun élément n'est emprunté à l'antiquité classique ; et cette Renaissance participe du style international de l'art européen tel qu'il fut pratiqué en France, en Flandre et en Allemagne dès le milieu du XIVᵉ siècle. Cette Renaissance particulière, — sœur et sœur cadette des autres Renaissances que le Nord de l'Europe possédait avant ou concurremment avec l'Italie, — cette Renaissance n'a pas vu le jour à

Rome et ne s'est ralliée que fort tard au principe de l'imitation du style antique.

La Renaissance vénitienne est là pour prouver que l'art gothique pouvait se régénérer tout seul, même en Italie, c'est-à-dire précisément dans le pays de

STATUE LE PHILIPPE LE HARDI, PAR CLAUS SLUTER.

(Chartreuse de Dijon.)

l'Europe où l'art gothique avait été le moins heureux et le moins florissant. On peut remarquer, au *Museo Civico* de Bologne, les charmantes sculptures des tombeaux des professeurs de l'Université de cette ville exécutées les unes vers 1383, d'autres au commencement du xve siècle, par des artistes vénitiens. Dans l'examen de ces monuments, on constate l'existence d'un art nouveau, bien différent de la vieille École pisane et qui n'est pas autre chose que l'épanouissement de l'esprit de la Renaissance sous des formes restées encore extérieurement gothiques. C'est précisément en cela que consiste l'originalité de Venise. Jusque vers 1460 et même plus tard, elle a continué à pratiquer et à professer toutes les doctrines de l'art émancipé et échappé à la férule de l'École giottesque; elle a continué à parler la langue de la Renaissance, mais sans renoncer à la grammaire et à l'orthographe gothiques.

Il avait suffi à cette école de s'émanciper. Une fois libre, elle n'éprouva pas immédiatement le besoin de tendre le cou à un nouveau joug, celui de l'antique. Ses rapports avec ses arts septentrionaux la rendirent longtemps réfractaire à une inoculation trop rapide et trop complète du virus, du vaccin grec et romain. Cette période de *transition*, dont parle Burckhardt, et qui est l'aurore de la Renaissance sans ruines et sans archéologie, cette période de transition, passagère seulement à Florence, à Sienne et à Rome, se perpétua près d'un siècle à Venise.

Voilà le secret de la longue jeunesse et de la robuste santé de l'art vénitien, de cet art italien privilégié qui a survécu, non seulement au xive siècle, mais à presque toutes les décadences nationales de la péninsule. Tout venait chez lui de la souche primitive; et la grande sève du moyen âge n'avait pas été tout d'un coup arrêtée dans son cours ni desséchée par le vent de l'antiquité. Oui, l'art vénitien fut émancipé aussi tôt que les autres arts, ses rivaux des autres provinces italiennes. Sa veine épuisée fut ranimée comme celle des autres arts italiens; mais son propre sang ne fut pas brûlé par la transfusion trop complète du sang échauffé de l'art classique.

L'art vénitien connut la Renaissance, sans avoir à subir presque immédiatement l'invasion de l'influence antique; son développement spontané, normal et régulier, à la fin du xive siècle et pendant les trois premiers quarts du xve siècle, permet d'affirmer que l'art gothique pouvait naturellement passer à la Renaissance et que le mouvement universel d'opinion qui fonda notre art moderne n'est pas partout, et même en Italie, sorti, comme le prétendu vampire florentin, des ruines et des tombeaux.

Aux contradicteurs obstinés qui nieraient encore cette vérité que je m'honorerai toujours d'avoir proclamée d'une façon absolue, à savoir que la Renaissance est sortie partout, spontanément et immédiatement, de l'art gothique, je montrerai le remarquable enchaînement des différentes périodes de l'art vénitien. Oui, — même sur le sol italien, — l'évolution s'accomplit en toute liberté et de la manière la plus complète, non seulement sans la moindre intervention de l'art classique, mais je dirai même, malgré lui. Malgré le succès des archéologues et des fouilleurs florentins, l'art vénitien ne cessa jamais d'être en contact immédiat avec l'art franco-flamand. A titre d'exemple, il faudrait pouvoir parler longuement du tombeau du doge Michel Steno, mort le 26 décembre 1412. Peinte encore partiellement, gothique de plis, la statue funéraire de Michel Steno est couchée sur un sarcophage. Rapportée sur un tronc de pierre d'Istrie, les mains et la tête sont en marbre, suivant la coutume pratiquée si fréquemment alors en France. La tête, sculptée avec beaucoup de souplesse, est extraordinairement réaliste, et les mains sont d'un naturalisme prodigieux, avec exagération des veines et des callosités de la peau. L'École vénitienne de la fin du xive siècle et du commencement du xve était donc, par certains côtés, tout à fait dans le mouvement international de l'art et aussi, par là, en communion d'idées avec l'art franco-flamand tel qu'il florissait à la cour de Charles V et de Charles VI.

J'ai donc suffisamment constaté l'existence de cette première école gothique de la Renaissance dont Venise, chez elle, a conservé assez longtemps le type dans une pureté relative. Mais je ne me lasserai pas de constater que cette école, dont le caractère fut *international*, avait précédé partout, même en Italie, la pratique exclusive des arts enseignés par l'Antiquité. Eh bien! s'il a existé, même en Italie, une Renaissance antérieure à la diffusion des enseignements de l'antiquité classique, c'est que cette Renaissance n'est pas sortie miraculeusement, comme trop de maîtres l'ont répété depuis le xvie siècle, de quelques textes ou de quelques pierres exhumés les uns de la poussière des manuscrits, les autres de certains amoncellements de ruines. Ces manuscrits et ces fragments sculptés remis en lumière ont bien apporté quelque chose de nouveau dans le monde; ils ont bien eu eur part d'influence, — influence énorme, — sur le développement ultérieur de la culture humaine; mais ces manuscrits et ces monuments n'ont pas été les premiers agents de la Restauration intellectuelle de l'Europe en matière d'art. Ces agents, — quelle que soit l'importance qu'ils aient eue par la suite, — n'ont pas été les instigateurs de la première heure. Ils n'ont pas été la cause première ni le point de départ. La Renaissance était déjà conçue; elle était née viable; elle vagissait déjà quand d'adroits opérateurs, — Grecs de Byzance, érudits des Apennins et savants des Abruzzes, — se sont emparés de son berceau. C'est ainsi qu'après avoir été en quelque sorte enlevée à sa famille naturelle et légitime la fille du moyen âge et de la France du Nord a été baptisée et vouée, sans avoir été consultée, au culte de plus en plus exclusif de l'Antiquité.

Après la discussion qui précède il me reste à conclure et à substituer, aux définitions que j'ai combattues, une définition nouvelle de l'art du moyen âge et de celui de la Renaissance, et une appréciation nouvelle du rôle réciproque de ces deux périodes, dans l'histoire de la civilisation. J'ai mis plusieurs années, à l'École du Louvre, à expliquer par des exemples et à motiver par de longues analyses la formule à laquelle je suis venu aboutir. Oublions donc les noms plus ou moins réguliers, plus ou moins légitimes, les vocables plus ou moins exacts; ne nous préoccupons que de l'essence des choses. La période de moyen âge est celle où l'expression purement rationnelle ou spiritualiste de la pensée l'emporte sur le réalisme de la forme. La période de la Renaissance est celle où le réalisme de la forme l'emporte sur l'expression de la pensée. L'intervention de l'art antique dans la question n'est qu'une affaire secondaire, nullement intime, tout extérieur, de pure forme, un détail de toilette et de vêtement. Deux hommes ont personnifié au plus haut point, en Italie, les tendances du Moyen Age et celles de la Renaissance : ce sont Giotto, le gothique, et Masaccio, le naturaliste. Mais ces grands artistes avaient eu des prédécesseurs et, parmi ces prédécesseurs, les plus éminents appartenaient incontestablement aux écoles du Nord de la France et de l'Europe.

Personne ne conteste aujourd'hui à la France l'honneur d'avoir donné au monde le type le plus accompli du style gothique. Un jour viendra où personne ne contestera à la France du Nord et surtout à la Flandre l'honneur d'avoir provoqué le magnifique mouvement d'opinion qui a succédé au moyen âge, qui produisit l'art moderne et que la pédagogie, trompée par les apparences, a eu bien tort de qualifier du terme impropre de Renaissance et d'attribuer exclusivement à l'Italie.

LOUIS COURAJOD.

SCEAUX. — IMPRIMERIE CHARAIRE ET FILS.